MES ENQUÊTES

Défis NATURE©

Sur la piste de la panthère des neiges

Défis NATURE
est une marque déposée de
bioViva!

FLEURUS
Direction : Guillaume Pô
Direction éditoriale : Sarah Malherbe
Édition : Raphaëlle Glaux
Conception graphique, intérieur et couverture : Elfried Werner
Correction : Aurélie Lacombe
Direction de fabrication : Thierry Dubus
Fabrication : Audrey Bord

www.fleuruseditions.com
ISBN : 978-2-2151-8224-5
MDS : FS82245

Sophie de Mullenheim
Margaux Saltel

MES ENQUÊTES
Défis NATURE©

Sur la piste de la panthère des neiges

FLEURUS

LES HÉROS DES ENQUÊTES

Défis NATURE©

Énergique et généreuse, **OLIVIA** a concrétisé son amour de la nature en devenant cheffe de mission au sein de l'association Terraviva, qui aide à la protection de la planète et de toutes ses richesses.
À chaque période de vacances scolaires, elle invite ses cousins, Théo et Diane, à la rejoindre pour la seconder dans les missions de son association. Olivia, qui court toujours après le temps, est ravie de pouvoir compter sur l'aide précieuse de ses « petits assistants », comme elle aime les appeler.

À dix ans, **THÉO** est curieux de tout et s'émerveille de la beauté de la nature qui l'entoure. Il s'appelle ainsi en hommage à Théodore Monod, grand scientifique, explorateur et naturaliste français. Spontané et fonceur, Théo se lance dans l'aventure la tête la première. Mais dès qu'il s'agit de prendre quelques risques, il est tout de suite beaucoup moins décidé… Serait-il un peu froussard ?

Du haut de ses douze ans, **DIANE** joue parfois les grandes avec son frère Théo. Plus posée que lui, elle réfléchit toujours avant de se jeter à l'eau. Néanmoins, une fois lancée, rien ne peut l'arrêter. Surtout pas la peur ! Diane est bien plus téméraire que son frère. Elle doit son prénom à l'Américaine Dian Fossey, une célèbre primatologue qui consacra sa vie à l'étude des gorilles au mépris de tous les dangers.

CHAPITRE 1

BIENVENUE DANS L'HIMALAYA

Le nez collé au hublot de l'hélicoptère, Diane et Théo admirent les montagnes qui s'étendent sous leurs pieds.

– Comme c'est beau !

– Bienvenue dans l'Himalaya ! s'exclame Olivia en observant les montagnes, elle aussi. C'est ici que notre mission va commencer.

– Quelle mission ? demande Théo. Tu es restée bien mystérieuse.

Olivia sourit.

– Tu as raison, dit-elle. Il est temps de vous en parler un peu. Nous allons...

Soudain, le pilote de l'appareil fait une annonce dans le micro de son casque.

– Ici Alpha-Uniform-Kilo-32 ! Ici Alpha-Uniform-Kilo-32, vous m'entendez ? Demande autorisation d'atterrir.

Le son grésille dans la cabine de l'hélicoptère et une voix lointaine répond :

– Bien reçu, Alpha-Uniform-Kilo-32. Vous avez l'autorisation de vous poser.

Théo lève les sourcils, étonné.

– Qu'est-ce qu'il dit ? C'est qui Alpha Uniform Kilo 32 ?

Le pilote se retourne et lui adresse un clin d'œil.

– Notre hélicoptère ! explique-t-il. J'utilise l'alphabet international.

– L'alphabet international ? demande Diane, curieuse, elle aussi.

– Il permet à tout le monde de se comprendre. Alpha représente la lettre A, Uniforme le U et...

– Kilo le K ! lance Théo.

– Exactement.

– Regardez dans le carnet de mission, suggère Olivia en le leur tendant, et essayez de l'apprendre. J'ai proposé que nous communiquions grâce à lui avec notre guide et les gens de la région pour être certains de nous comprendre.

Regarde à la fin de ton carnet de mission et essaie de retenir l'alphabet international. Il te servira tout au long du livre.

– Notre hélicoptère est donc AUK 32, en déduit Diane.

Le pilote lève le pouce.

– Exactement. C'est son immatriculation.

Théo se plonge dans l'alphabet. Il hésite sur les mots à choisir et bute dessus, mais il répond fièrement :

– Bravo, India, Echo, November-Romeo, Echo, Charlie, Uniform !

Le pilote hoche la tête et traduit ce que vient de dire Théo.

– « Bien reçu ! » Tu comprends vite, toi !

Théo rougit de plaisir en entendant ce compliment. Diane, un peu jalouse, se tourne vers Olivia et lui demande avec impatience :

– Et donc, qu'allons-nous faire ?

– L'association Terraviva nous envoie localiser un animal sauvage devenu malheureusement trop rare, explique Olivia. Notre travail pourra permettre de compter les individus et de connaître leurs déplacements.

– Quel animal ? interroge Théo.

Olivia lui adresse un clin d'œil et annonce :

Lima, Alpha – Papa, Alpha, November, Tango, Hotel, Echo, Romeo, Echo – Delta, Echo, Sierra – November, Echo, India, Golf, Echo, Sierra.

– La panthère des neiges ! lance Diane immédiatement.

– Comment tu… ? se vexe Théo de n'avoir pas été le plus rapide.

Diane regarde Olivia puis son frère et grimace.

– C'est écrit sur le dossier, avoue-t-elle.

Théo rit, bon joueur.

Mais déjà l'hélicoptère commence à descendre. À terre, on aperçoit un grand cercle formé de pierres au milieu duquel l'appareil doit se poser.

– Ici **Alpha – Uniform – Kilo – 32**. Je me pose, annonce le pilote dans son micro.

Diane, Théo et Olivia assistent, fascinés, à la manœuvre.

Quand ils sortent de l'appareil, ils sont encore impressionnés par leur voyage.

– C'était magnifique, lance Théo. Merci !

Le pilote lui fait un petit signe de la main et désigne le paysage.

– Tu n'as encore rien vu. Ici, c'est le plus beau pays du monde.

– Quel pays ? demande Théo.

– Le November, Echo, Papa, Alpha, Lima, voyons !

– Ah, oui, le Népal, déchiffre Théo après trois secondes. C'est que je croyais que nous étions dans...

Il bute sur les lettres.

– Lima – Hotel, India, Mike, Alpha, Lima, Alpha, Yankee, Alpha.

Le pilote secoue la tête.

– L'Himalaya est une chaîne de montagnes, pas un pays.

– Regarde dans le dossier, suggère Olivia, tu comprendras mieux. L'Himalaya se partage entre plusieurs pays, dont le Népal.

Consulte, toi aussi, le dossier pour voir où se trouve le Népal dans la chaîne de l'Himalaya.

– Dans l'immédiat, explique Olivia, nous devons récupérer notre matériel. Venez avec moi. Ensuite, nous irons retrouver notre guide.

– Quel matériel ? demande Diane. Pourquoi tu ne veux toujours rien nous dire ?

– Pour vous faire la surprise, explique Olivia en souriant. Je vous promets que vous ne serez pas déçus. Diane, je te confie la liste du matériel, et toi, Théo, tu vas m'aider à trouver quel est le chargement qui nous est destiné. Toutes les associations qui organisent des randonnées dans l'Himalaya font livrer ce dont elles ont besoin ici aussi.

Diane lit la liste du matériel tandis que son frère et sa cousine se dirigent vers les différents chargements.

– Il nous faut : trois paires de jumelles, un réchaud, une tente, quatre caméras thermiques, trois paires de bâtons de marche, trois duvets, énumère Diane.

Théo, qui prend très à cœur la mission qu'Olivia lui a confiée, prend le temps d'observer avec minutie le matériel nécessaire à chacune des associations. Il ne faudrait pas partir avec la tente de quelqu'un d'autre !

Grâce à la liste, retrouve le chargement destiné à Olivia et ses cousins. Si tu ne le vois pas, place ta boussole à l'endroit indiqué et regarde en direction du nord-ouest.

– Il est là ! s'écrie soudain Théo. En plus, on ne pouvait pas se tromper.

– Pourquoi ? demande Diane.

– Regarde ce qui est écrit sur la caisse de matériel.

– Tango, Echo, Romeo, Romeo, Alpha, Victor, India, Victor, Alpha, lit Diane.

– Terraviva. Notre association ! lance Théo.

– J'ai l'impression que vous allez devenir des pros de l'alphabet international, plaisante Olivia. Ça tombe bien car je crois que notre guide, Tenzing, est très joueur. Il aime communiquer par code et par message.

N
ngo, Echo, Romeo, Romeo, Alpha,
Victor, India, Victor, Alpha
Alpha, Uniform, Kilo 32
Romeo, Alpha, November, Delta, Oscar,
November, Echo, Papa, Alpha, Lima
Tango, Romeo, Echo, Kilo, Mike,
Alpha, November, India, Alpha
E
vo, Echo, Alpha, Uniform, Tango, Echo,
ctor, Oscar, Yankee, Alpha, Golf, Echo
S

– Sierra, Uniform, Papa, Echo, Romeo ! lance Diane.

– Super ! répète Théo.

Puis il se tourne vers Diane et lui chuchote :

– Tu as vu le matériel ? Quelque chose me dit que nous allons dormir sous la tente...

CHAPITRE 2

UN GUIDE SYMPATHIQUE

Quelques instants plus tard, Olivia, Diane et Théo rejoignent leur guide qui les accueille avec un grand sourire.

– Bonjour, Tenzing, lance Olivia. Voici Théo et Diane, mes cousins. Ils sont venus m'aider à repérer les panthères des neiges.

Tenzing dévisage les deux enfants avec curiosité.

– Vous me reconnaissez ? leur demande-t-il d'un air malicieux.

Diane et Théo ouvrent de grands yeux étonnés.

– Nous devrions ? répond timidement Diane.

– Tenzing, répète le guide. Tenzing Norgay !

Théo fait la moue. Cela ne lui dit rien du tout.

– Regardez dans le dossier, suggère Olivia. Peut-être que vous trouverez quelque chose.

Aussitôt dit, aussitôt fait, le frère et la sœur épluchent le carnet de mission.

Toi aussi, cherche qui est Tenzing Norgay dans le dossier.

– Tenzing Norgay ! lance soudain Théo, victorieux. Le premier à avoir atteint le sommet de l'Everest avec le Néo-Zélandais Edmund Hillary ! lit-il.

– C'est vous ? s'exclame Diane, impressionnée.

Tenzing hoche la tête en souriant. À côté de lui, Olivia se retient de rire.

Diane, soudain suspicieuse, regarde à nouveau le dossier et relève la tête.

– C'était le 29 mai 1953, note-t-elle. Il y a plus de soixante-dix ans ! Ce n'est pas possible. Ce n'est pas vous.

Tenzing éclate de rire et fait un clin d'œil à Diane.

– Tu as raison, s'esclaffe-t-il. Mais mes parents m'ont donné ce nom en hommage à Tenzing Norgay.

Théo est déçu : il aurait été très fier de rencontrer le premier homme à avoir vaincu l'Everest.

– Ne t'inquiète pas, lui lance Tenzing, je n'ai pas gravi l'Everest, mais je connais ces montagnes comme ma poche.

– Vous avez déjà vu des panthères de neiges ? lui demande Théo, redevenu curieux.

– Des Hotel, India, Mike, Charlie, Hotel, India, Tango, Uniform, Whiskey, Alpha, Sierra ?

– Des Him... déchiffre péniblement Théo. Chi...

– Tuwas, poursuit Diane qui ne comprend pas plus que son frère. Des *himchituwas* ?

Qu'est-ce que c'est ? Un plat japonais ?

Tenzing rit de plus belle.

– C'est le nom népalais de la panthère des neiges.

– *Himchituwa*, répète Olivia. C'est joli.

Tenzing hoche la tête.

– Certains l'appellent aussi le Foxtrot, Alpha, November, Tango, Oscar, Mike, Echo – Delta, Echo – Lima, Alpha – Mike, Oscar, November, Tango, Alpha, Golf, November, Echo.

– Le fantôme de la montagne ! s'écrie Diane.

– Exactement, répond Tenzing. Car elle est très difficile à voir.

– Mais nous, nous allons la voir, n'est-ce pas ? demande Théo d'un air presque suppliant.

– Je l'espère. À nous de placer les caméras aux bons endroits, répond le guide.

– Des caméras ? interrogent Théo et Diane, surpris.

– Nous allons installer des systèmes de pièges photos pour récolter des informations sur la vie des panthères, explique Olivia. Et Tenzing sait où nous avons le plus de chances de les apercevoir.

– Nous avons l'embarras du choix, déclare Tenzing. Il y a au moins quatre parcs nationaux où nous pouvons avoir une chance de voir des panthères des neiges. Mais je dois avouer que j'ai mon préféré.

– C'est lequel ? demande Diane.

Tenzing prend un air mystérieux.

– Il ne grimpe pas jusqu'à 8 000 mètres, car vous ne supporteriez pas une telle altitude. Il n'a pas été ravagé par une avalanche lors du tremblement de terre de 2015. Il n'abrite pas la plus haute montagne du monde, mais il doit son nom au lac le plus profond du Népal. Alors, vous trouvez ?

Plonge-toi dans le dossier pour découvrir quel est le nom du parc national où Tenzing compte emmener la petite troupe.

Le nez dans leur dossier, Diane et Théo cherchent les indices puis proposent :

– Sierra, Hotel, Echo, Yankee – Papa, Hotel, Oscar, Kilo, Sierra, Uniform, November, Delta, Oscar.

– Le parc de Shey Phoksundo, bravo ! applaudit

Olivia. Et il se trouve que l'hélicoptère nous a déposés presque à son entrée.

Diane et Théo sourient. Ils sont impatients de partir enfin à l'aventure.

– Et maintenant, on va où ? interroge Théo.

Olivia lui tend une carte.

– Voici la carte du parc. Je vous laisse chercher l'endroit où nous allons poser nos caméras et nos tentes.

– Il faut d'abord passer devant deux stupas, sous des drapeaux de prière, devant une cahute en pierre et chaume, puis devant un dernier stupa, indique Tenzing.

À partir de ces informations, essaie de découvrir où les caméras devront être posées. Si tu ne trouves pas, dépose la boussole sur le repère qui indique l'endroit où se trouvent Olivia et son équipe et cherche au nord-ouest.

N
O
E
S
Entrée du parc
Cahute en pierre et chaume
Stupa
Drapeaux de prière

– Un stupa, qu'est-ce que c'est ? demande Diane.

– Une sorte de construction qui ressemble à un chapeau pointu. C'est un monument religieux pour les bouddhistes, explique Tenzing.

– Comme ça ? tente Théo en montrant une photo du dossier de la mission.

– Echo, X-Ray, Alpha, Charlie, Tango, Echo, Mike, Echo, November, Tango, dit Tenzing.

– Exactement ! confirme Olivia en souriant.

– J'ai trouvé ! lance soudain Diane. C'est tout là-haut, dit-elle en indiquant le flanc d'une montagne sur lequel on aperçoit un stupa.

Tenzing hoche la tête.

– C'est tout à fait ça. L'endroit est empierré, et les panthères des neiges aiment se cacher derrière les rochers pour guetter leurs proies et passer inaperçues.

– Alors, en avant ! s’écrie Théo.

Puis, juste avant de s’élancer, il se penche vers sa sœur et lui chuchote à l’oreille :

– Tu as vu ? J’avais bien deviné ! On va dormir sous la tente, dans les montagnes de l’Himalaya. Le rêve !

CHAPITRE 3

UNE ÉTRANGE DISPARITION

À la fin de la journée, lorsque Diane et Théo se glissent dans leur sac de couchage sous la tente plantée près du stupa, ils sont épuisés par leur journée. Ils ont grimpé à pied jusqu'au stupa et placé les caméras. Pour l'une d'entre elles, ils sont allés jusqu'à la limite des premières neiges. L'escalade était longue, un peu dangereuse aussi, et désormais, le frère et la sœur ne rêvent que d'une chose : dormir.

Mais à peine ont-ils fermé les yeux que le téléphone d'Olivia, qui dort à côté d'eux, vibre et s'allume.

– Qu'est-ce que c'est ? demande Théo en se redressant sur un coude.

– Une notification de la caméra, répond Olivia, déjà à moitié endormie.

– Qu'est-ce que ça veut dire ?

– Qu'un animal est passé devant l'une d'entre elles, murmure Diane.

– Une panthère ? frémit soudain Théo.

– Peut-être. Il faut l'espérer, répond Olivia.

– Mais elle pourrait nous dévorer, non ? s'inquiète aussitôt Théo qui trouve soudain que la tente n'est pas un abri très solide.

– Non, s'exclame Olivia. Les panthères ne mangent pas les hommes.

– C'est un carnivore, pourtant, note Théo. Je l'ai lu dans le dossier que tu nous as donné.

– En effet, mais l'homme n'est pas à son menu, le rassure Olivia.

– Mmm, grogne Théo, pas très convaincu.

Regarde dans le dossier et trouve les arguments qui pourraient permettre à Théo de dormir tranquille.

– C'est ici, lit Diane qui n'est pas beaucoup plus rassurée que son frère. Il est écrit que la panthère des neiges a plus à craindre des hommes que l'inverse. Les attaques sur l'homme sont extrêmement rares. C'est seulement lorsqu'un homme a menacé directement une panthère ou ses petits que cela peut arriver.

Théo se détend et se rallonge dans son duvet.

– Ne t'inquiète pas, la panthère des neiges ne te fera pas de mal, déclare Olivia. Et à tout prendre, je préférerais la visite d'une panthère à celle d'un ours noir d'Asie : il est bien plus dangereux !

– L'ours noir ? crie Théo en bondissant comme un ressort. Il y en a par ici ?

– C'est écrit dans le dossier, confirme Diane.

– Mais c'est dangereux !

– Tenzing veille, le calme Olivia. Il reste dehors, près du feu.

– Il pourrait s'endormir, s'inquiète Théo.

Comme s'il avait compris que l'on parlait de lui, Tenzing passe soudain la tête par la porte de la tente.

– Un problème ? demande-t-il.

– Théo a peur des panthères et des ours ! lance Diane.

– Rien que ça, sourit Tenzing. Tu n'as rien à craindre, Théo. Je fais le guet.

– Mais vous n'êtes pas fatigué ?

– Oh si ! Et je vais même dormir, mais j'ai un sommeil très léger. Au moindre bruit, je suis en alerte.

Théo fait la moue. Il n'est pas très convaincu.

– Tu préfères venir dehors avec moi pour vérifier ? propose Tenzing, rieur.

Il montre la tasse fumante qu'il tient à la main.

– Si tu veux, je peux te préparer du bon lait de yack chaud, propose-t-il.

– Euh... bredouille Théo, qui trouve soudain que le lait de yack sent fort et que la nuit est bien noire...

À nouveau, l'écran du téléphone d'Olivia

s'allume.

– Qu'est-ce que c'est ? demande Tenzing.

– Une notification de la caméra. Elle a encore détecté quelque chose.

– Eh bien ! constate Tenzing. J'espère que cet écran ne s'allumera pas trop souvent, sinon vous n'allez pas dormir !

– C'est plutôt bon signe s'il s'allume, déclare Olivia. Cela veut dire que nos caméras sont bien placées.

Tenzing hoche la tête et retourne dehors.

– Bravo, Oscar, November, November, Echo – November, Uniform, India, Tango ! lance-t-il à travers la toile.

– Bonne nuit ! répondent en chœur Olivia, Diane et Théo alors que le téléphone d'Olivia s'allume de nouveau.

Le lendemain matin, le téléphone d'Olivia est saturé de notifications. La caméra s'est déclenchée extrêmement souvent dans la nuit. Olivia édite les photos sur une petite imprimante portable.

– La caméra a capté la présence de quelques animaux, dit-elle, contente. Mais pas de panthère, a priori.

Regarde les photos, toi aussi.
Quels animaux reconnais-tu ?

– Oh ! s'écrie Diane en pointant le doigt vers un oiseau. Un lophophore resplendissant !

– Waouh ! s'exclame Théo, impressionné.

Diane sourit.

– C'est l'emblème national du Népal ! Je le sais car je l'ai lu dans le dossier.

N
E
S

– Et là ? C'est quoi ce drôle d'animal avec de très longues cornes ? demande Théo.

– C'est un Bravo, Hotel, Alpha, Romeo, Alpha, Lima, dit Tenzing.

– Un... bharal ? traduit Théo.

– Oui. On l'appelle aussi le mouton bleu.

– Et celui avec une sorte de collerette de poils autour du cou ? interroge Diane. Il est trop rigolo !

Cherche dans le dossier pour le savoir.

– Un Tango, Alpha, Hotel, Romeo – Delta, Echo – Lima – Hotel, India, Mike, Alpha, Lima, Alpha, Yankee, Alpha, répond Théo.

– Un tahr de l'Himalaya, j'allais le dire, sourit Tenzing.

Mais Diane est penchée sur les photos.

– C'est bizarre, dit-elle.

– Quoi ?

Et toi ? Remarques-tu quelque chose d'étrange sur les photos ?

– Pourquoi il y a toujours un gros trait sur les photos ? demande Diane.

Olivia grimace.

– Je ne sais pas. Peut-être est-ce un mauvais réglage de la caméra ?

Diane secoue la tête.

– Non. Le trait n'est jamais à la même place.

Théo s'approche et observe les photos avec plus d'attention.

– On dirait un bâton, dit-il tout à coup.

Olivia fronce les sourcils.

– Un bâton ? demande-t-elle. Qu'est-ce que cela veut dire ?

Tenzing se rembrunit quand Théo se redresse et annonce, en montrant une photo.

– Là ! Vous avez vu ?

Qu'est-ce que Théo a remarqué que personne n'a vu avant lui ? Pour le savoir, pose la boussole sur l'endroit indiqué et regarde en direction du sud-ouest.

– Là ! Ce bout d'oreille… Il est tacheté ! lance Théo.

CHAPITRE 4

INQUIÉTUDES

– Une panthère ! Une panthère ! Il y a une panthère là-haut !

Théo est si excité qu'il ne remarque pas la mine sombre de Tenzing.

– Quelque chose ne va pas, Tenzing ? lui demande Olivia.

– C'est ce bâton sur les photos, avoue le guide.

– Eh bien ? s'étonne Olivia.

– J'ai l'impression que quelqu'un a cherché à déclencher nos caméras toute la nuit.

– Pourquoi cela ? demande Diane.

– Sans doute pour vider leurs batteries et vous empêcher de pister des panthères.

– Mais nous ne faisons rien de mal, s'exclame Olivia, outrée.

Tenzing soupire.

– Vous n'êtes pas les premiers à vous intéresser aux panthères des neiges, et malheureusement, tout le monde n'a pas les mêmes intentions que vous.

– C'est-à-dire ? demande Diane.

Regarde dans le dossier pour comprendre de quoi parle Tenzing.

– Des braconniers viennent chasser la

panthère pour sa fourrure et ses os ! s'exclame Diane. C'est horrible !

– C'est pour cela que les gens du pays se méfient des étrangers. Certes, les panthères tuent parfois quelques bêtes de leurs troupeaux, mais les Népalais respectent cet animal. Ils n'ont certainement pas vu d'un très bon œil votre arrivée.

– Tu es avec nous, pourtant, s'étonne Olivia.

Tenzing semble gêné.

– Certains me le reprochent, justement. Ils aimeraient que je n'amène personne sur les traces des panthères.

– Si quelqu'un s'amuse à déclencher les caméras, il faut trouver qui c'est, lance Olivia. Et lui expliquer que nous ne sommes ici que pour compter les panthères et connaître leurs déplacements afin de mieux les protéger.

– Il y a peut-être des traces dans la neige près de la caméra, suggère Diane.

– Echo, X-Ray, Charlie, Echo, Lima, Lima, Echo, November, Tango, Echo – India, Delta, Echo, Echo, approuve Tenzing.

– Excellente idée, excellente idée... bougonne Théo, un peu inquiet. Et si nous tombons sur un ours ?

– Je te défendrai, plaisante Diane.

– Je vous laisse aller voir là-haut, dit Tenzing. Moi, je vais interroger les habitants du village voisin. Rejoignez-moi là-bas. Il est juste en bas, à gauche du chemin que nous avons pris pour monter.

Théo râle un peu en emboîtant le pas à Olivia et Diane : il aurait préféré redescendre avec

Tenzing. Mais quand ils arrivent à proximité de la caméra, il est le premier à repérer les traces dans la neige.

– Regardez ! lance-t-il, très excité.

Regarde dans ton dossier et essaye de savoir quels animaux sont passés par là cette nuit.

– J'ai l'impression qu'il y a eu un aigle impérial, dit Théo.

– Un ours ! ajoute Diane en frémissant malgré elle.

– Et un porte-musc alpin, ajoute son frère.

– Et ces empreintes-là ? demande Diane. Ce sont des traces de chaussures, non ?

Olivia et Théo s'approchent et se penchent au-dessus des traces de pas.

– Ce sont de petits pieds, note Diane. Des pieds d'enfant.

– Là ! s'écrie Théo en se précipitant soudain vers un rocher.

Quelques secondes plus tard, il sort de derrière le rocher en tenant un petit garçon par l'épaule. Ce dernier a un long bâton à la main.

– Je crois que nous avons trouvé notre

coupable ! lance-t-il.

Olivia plisse le nez. Elle ne pensait pas tomber sur quelqu'un d'aussi jeune.

– Bonjour, dit-elle en se penchant vers lui et en lui parlant en anglais. Qui t'a demandé de venir ici ?

L'enfant les regarde un peu effrayé puis leur répond dans un anglais approximatif. À force de patience et en mimant, Olivia, Diane et Théo parviennent à comprendre ce qu'il est venu faire et qui lui en a donné l'ordre.

– C'est un homme, petit, très brun, avec une moustache, résume Diane. Il porte un pull vert, un pantalon marron, des bottes et un bonnet marron.

– Rejoignons Tenzing au village, propose Diane, et tâchons de découvrir de qui il s'agit.

Une heure plus tard, lorsque Diane, Théo et Olivia arrivent au village, presque tous les hommes sont rassemblés devant Tenzing qui semble leur faire la morale.

– C'est parfait, lance Olivia. Ouvrez l'œil.

Observe les villageois et retrouve l'homme dont l'enfant parlait. Si tu ne le trouves pas, pose ta boussole au bon emplacement et regarde en direction du sud-ouest. N'y a-t-il rien de bizarre ?

– Je ne trouve pas, s'agace Théo.

– Moi non plus, admet Diane. Le seul qui...

Au même moment, Tenzing les aperçoit, leur sourit et leur fait un grand signe de la main. Il dit encore quelques mots aux hommes du village et vient les retrouver.

– Alors ? leur demande-t-il. Vous avez trouvé quelque chose ?

N
E
S

En l'apercevant, l'enfant, qui est avec eux, pâlit.

– Des traces d'ours, de porte-musc alpin, d'aigle royal et de yack, dit aussitôt Diane.

– Et un coupable ! ajoute Théo, fièrement, en désignant l'enfant.

Ce dernier se recroqueville sur lui-même et tente de se cacher derrière Olivia.

– Qu'est-ce qu'il y a ? s'inquiète cette dernière.

L'enfant secoue plusieurs fois la tête et regarde Tenzing avec appréhension.

– Un homme, petit, très brun, avec une moustache, un pull vert, un pantalon marron, des bottes et un bonnet marron, répète soudain Diane, rêveuse.

Théo écarquille les yeux de surprise puis regarde sa sœur.

– Tenzing ! articule-t-il, la voix blanche.

CHAPITRE 5

DRÔLE DE SURPRISE

– Tenzing ? répète Olivia, étonnée et déçue. C'est toi ?

Le guide la regarde, interloqué.

– C'est moi quoi ? s'étonne-t-il.

– C'est toi, qui as demandé à cet enfant de déclencher nos caméras ?

Tenzing regarde Olivia, l'enfant, puis Olivia à nouveau. Il fronce les sourcils et s'adresse à l'enfant sur un ton agité.

Après quelques minutes, il se tourne vers Olivia et ses cousins.

– J'aurais dû m'en douter, s'excuse-t-il. C'est mon frère...

– Ce garçon est ton frère ? s'étonne Théo.

– Non. Mais mon frère jumeau lui a demandé de nous suivre dans la montagne pour repérer où nous posions les caméras pour les détraquer ensuite.

– Tu as un frère jumeau ? s'étonne Diane.

Tenzing rit.

– On se ressemble comme deux gouttes d'eau et nous sommes presque toujours habillés pareil. En revanche, nous n'avons pas du tout le même caractère ! Il déteste mon métier de guide et il me reproche sans arrêt de faire découvrir la faune et la flore de notre pays à des étrangers.

– Nous sommes là en amis, répète Olivia.

Connaître les endroits où vivent les panthères permettra de les protéger davantage.

Tenzing hausse les épaules, fataliste.

– Il refuse de comprendre, soupire-t-il.

– Comment s'appelle-t-il ? demande Diane.

– Echo, Delta, Mike, Uniform, November, Delta.

– Edmund ! déchiffre Théo.

– Comme Edmund Hillary ; l'homme qui a escaladé l'Everest avec Tenzing Norgay, ajoute Diane en se souvenant de ce qu'elle a lu dans le dossier.

Tenzing sourit.

– Oui, deux inséparables ! Comme mon frère et moi ! Ou presque. Nous ne nous parlons plus beaucoup depuis ma dernière expédition.

– Que s'est-il passé ?

Tenzing hésite, puis se lance :

– Eh bien, l'un des soi-disant touristes a profité de la nuit pour tenter de capturer une panthère des neiges. Nous l'avons arrêté à temps, mais mon frère ne me le pardonne pas.

– Nos intentions sont complètement différentes, déclare Olivia.

– Je sais, mais Edmund est une vraie tête de mule. Il ne voudra jamais que vos caméras restent en place.

Diane et Théo plissent la bouche et soudain...

– À moins que... lancent-ils tous les deux en

même temps.

Tenzing et Olivia les regardent sans comprendre.

– À moins que le frère de Tenzing ne trouve un intérêt à nos caméras, commence Diane.

– Car elles peuvent lui permettre de mettre la main sur les braconniers, poursuit Théo.

– Si une caméra se déclenche au passage d'un animal...

– Il y a de fortes chances qu'elle photographie aussi le passage d'un chasseur, par exemple.

– Et si le frère de Tenzing place un récepteur et notre imprimante chez lui, il pourra intervenir sur-le-champ !

Les yeux de Tenzing s'éclairent.

– Foxtrot, Oscar, Romeo, Mike, India, Delta, Alpha, Bravo, Lima, Echo !

– Formidable, oui ! enchérit Olivia. En plus, Terraviva sera ravie de savoir que quelqu'un peut intervenir sur place. Vite, allons chez Edmund !

Quelques heures plus tard, après de longues explications, Edmund semble à peu près convaincu de l'utilité des caméras. Olivia installe alors un système de surveillance dans sa maison et y raccorde sa petite imprimante portative.

– Je vais monter avec Olivia jusqu'à l'une des caméras, propose Tenzing. Diane et Théo, restez avec Edmund pour regarder si vous recevez bien les images.

Tandis que Diane et Théo attendent en compagnie d'Edmund, ce dernier leur parle avec passion des animaux de la région. Après la panthère des neiges, son animal favori est le panda roux.

– Il est en voie d'extinction lui aussi, se lamente-t-il. J'espère que vos caméras permettront de garder un œil sur lui également. Ce pourrait être pratique pour savoir s'il y a des petits.

Au même moment, comme pour répondre à sa demande, un petit panda roux déclenche la caméra en passant juste à côté.

– Incroyable ! s'extasie Edmund.

À peine le panda est-il passé que c'est au tour d'Olivia et Tenzing de faire fonctionner la caméra. Détectant leurs mouvements, elle prend une photo toutes les secondes.

– Regardez ! lancent Diane et Théo. Les images sont très bonnes. On peut voir tous les détails. Et vous pourrez imprimer celles que vous voulez garder.

– Mais ces photos se ressemblent toutes, note Edmund. Pourquoi les garder ?

Théo en imprime deux et secoue la tête.

– Non, Regardez. Par exemple, ici, il y a six différences entre les deux.

– Six différences ? s'étonne Edmund.

– Oui.

Toi aussi, essaie de trouver les six différences entre ces deux photos.

Soudain, Diane s'écrie.

– Non, il y a sept différences !

– Sept ?

As-tu compris quelle était la septième différence ? Si tu ne la vois pas, place ta boussole sur le repère et regarde au sud-est.

N
E
S

– Oui, là !

– Une panthère ! s'exclame Théo.

– Himchituwa, s'exclame Edmund quand il l'a repérée.

Vite, Diane envoie un texto à sa cousine.

« Delta, Echo, Romeo, Romeo, India, Echo, Romeo, Echo – Victor, Oscar, Uniform, Sierra ! »

– Derrière vous ! crie Théo comme s'ils pouvaient l'entendre tout là-haut. Regardez derrière vous !

Alors, sur les photos qui se succèdent, Edmund, Diane et Théo voient Tenzing et Olivia se retourner tout doucement, et apercevoir au loin une panthère des neiges qui a surgi de derrière un rocher.

– Comme elle est belle ! s'extasie Théo.

À côté de lui, Edmund semble très ému.

– Vous avez raison, souffle-t-il après un moment. Ces caméras me seront très utiles.

– Vous allez devenir le gardien des panthères de neiges ! déclare Théo.

Edmund sourit, amusé.

– Oui. Et je pourrai aussi surveiller mon frère… ajoute-t-il en riant.

Sur le téléphone, les photos continuent de défiler. Et après le départ de la panthère des neiges, Tenzing, fou de joie, embrasse Olivia sur la joue !

Les pastilles disposées à côté des animaux présentés indiquent le degré de menace* qui pèse sur eux :

LC **Préoccupation mineure**

NT **Quasiment menacé**

EN **En danger**

VU **Vulnérable**

* Classement issu de la liste rouge de l'Union internationale pour la conservation de la nature (UICN).

DESTINATION NÉPAL

MISSION DE TERRAVIVA

Localiser et compter les panthères des neiges pour mieux les protéger !

LE NÉPAL

Capitale : Katmandou.
Religions : bouddhisme et hindouisme.
Langue : népalais.
Population : 30 328 000 habitants (2,2 fois moins qu'en France).
Superficie : 147 516 km² (4,5 fois plus petit que la France).

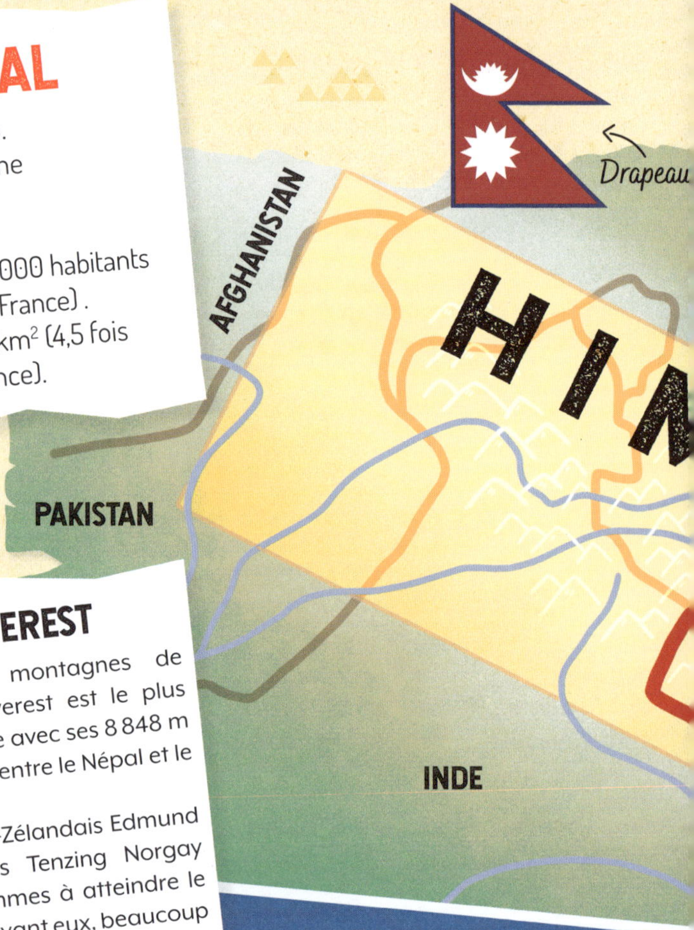

LE MONT EVEREST

Dans la chaîne de montagnes de l'Himalaya, le mont Everest est le plus haut sommet du monde avec ses 8 848 m d'altitude. Il se partage entre le Népal et le Tibet.

Le 29 mai 1953, le Néo-Zélandais Edmund Hillary et le Népalais Tenzing Norgay sont les premiers hommes à atteindre le sommet de l'Everest. Avant eux, beaucoup avaient essayé mais y renoncèrent ou y trouvèrent la mort.

QUATRE PARCS NATIONAUX

Où croiser la panthère des neiges ?

Le **parc de Langtang** a vu le petit village de Langtang entièrement détruit par une avalanche lors du tremblement de terre de 2015.
Le **parc de Shey Phoksundo** abrite le plus haut lac du Népal, à 3 000 m d'altitude.
Le **parc de Makalu Barun** est le plus haut parc national au monde, à 8 000 m d'altitude.
C'est dans le **parc de Sagarmatha** que vous pourrez admirer le mont Everest.

LOPHOPHORE RESPLENDISSANT
(Lophophorus impejanus)

LC

Régime alimentaire : racines, bourgeons, insectes…
Envergure : 72 cm.
Poids : 2 kg.
Caractéristique : il est l'emblème national du Népal et appelé *danphé* par les Népalais.

DES MONTAGNES IMMENSES

Situé dans le sud de l'Asie, avec une superficie de 750 000 km², l'Himalaya s'étend sur sept pays : Afghanistan, Bhoutan, Birmanie, Chine (Tibet), Inde, Népal, Pakistan.

LA PANTHÈRE DES NEIGES

(Panthera uncia)

VU

Nom népalais : *himchituwa*.
Surnom : fantôme de la montagne.
Taille : environ 60 cm au garrot et entre 1 m et 1,30 m de long, sans la queue.
Poids : entre 40 et 50 kg.

EN TOUTE DISCRÉTION

La panthère des neiges est un animal très difficile à voir. Elle fuit la proximité des hommes, se dissimule parfaitement entre les rochers et la neige grâce à sa fourrure, et se déplace sur un territoire immense.

AU MENU

La panthère des neiges est un mammifère carnivore. Ses proies sont des bharals, principalement, mais aussi des lièvres, des cerfs, des marmottes ou des oiseaux. Parfois, elle s'attaque aux troupeaux de chèvres ou de yacks.

Empreintes de panthère dans la neige

L'HOMME ET LA PANTHÈRE DES NEIGES

L'être humain est le principal prédateur de la panthère des neiges. Elle a plus à craindre de lui que l'inverse. En effet, les attaques sur l'homme, extrêmement rares, surviennent uniquement si la panthère ou ses petits ont été menacés.
Les braconniers traquent la panthère des neiges pour sa fourrure, très prisée sous forme de manteau, ou pour ses os, très demandés dans la médecine chinoise traditionnelle. Elle est également capturée pour être mise dans des zoos.

AUX CÔTÉS DE LA PANTHÈRE DES NEIGES

BHARAL
(Pseudois nayaur)

LC

Régime alimentaire : herbivore.
Taille : 85 cm au garrot.
Poids : 70 kg.
Caractéristique : on l'appelle aussi mouton bleu en raison de son pelage aux reflets parfois bleutés.

AIGLE IMPÉRIAL
(Aquila heliaca)

VU

Régime alimentaire : carnivore.
Taille : jusqu'à 2,15 m d'envergure.
Poids : 3 à 4 kg.
Caractéristique : il peut planer longuement en profitant des courants d'air pour se laisser porter.

PORTE-MUSC ALPIN
(Moschus chrysogaster)

EN

Régime alimentaire : herbivore.
Taille : 45 cm au garrot.
Poids : environ 15 kg.
Caractéristique : le mâle possède une glande qui produit du musc, substance très recherchée pour la confection de parfums.

OURS NOIR D'ASIE
(Ursus thibetanus)

VU

Régime alimentaire : omnivore (et surtout végétarien).
Taille : jusqu'à 1,60 m de haut.
Poids : entre 90 et 120 kg.
Caractéristique : on le reconnaît à sa tache blanche en forme de V sur la poitrine.

TAHR DE L'HIMALAYA
(Hemitragus jemlahicus)

NT

Régime alimentaire : herbivore.
Taille : 90 à 140 cm au garrot.
Poids : jusqu'à 90 kg.
Caractéristique : excellent grimpeur, il atteint les 5 000 m d'altitude sans problème.

PANDA ROUX
(Ailurus fulgens)

EN

Régime alimentaire : surtout du bambou.
Taille : 50 à 60 cm.
Poids : 4 à 6 kg.
Caractéristique : il vit principalement dans les arbres pour échapper aux prédateurs et se nourrir.

AU NÉPAL IL Y A …

Des drapeaux de prière tibétains

Dans les montagnes, de longues farandole de drapeaux colorés claquent au vent. Ce sont comme autant de prières qui s'envolent et profitent à tous les hommes

Des stupas

Ces constructions de pierre qui ressemblent à des chapeaux se voient partout dans le pay Ce sont des monuments religieux qui honore Bouddha ou un saint.

Des yacks

Il est l'animal de trait par excellence du Népal : il tire les charrettes ou porte de lourdes cargaisons. La femelle yack donne un lait rose juste après la naissance de son petit. Ensuite, il devient de plus en plus blanc. Ce lait est très riche, plus riche que notre lait de vache.

L'ALPHABET INTERNATIONAL

Il a été imaginé et adopté en 1957 par l'Otan – Organisation du traité de l'Atlantique Nord – afin que toutes les forces militaires alliées aient le même alphabet pour communiquer. Les mots ont été choisis de manière à être compréhensibles et prononçables dans toutes les langues.
Cet alphabet permet de dicter des codes ou des messages en étant certain de ne pas se tromper parce qu'une lettre a été mal prononcée. Par exemple, le V et le B peuvent se ressembler (surtout en cas de rhume !). Alors que Victor et Bravo ne peuvent pas se confondre.
Aujourd'hui, l'aviation civile utilise aussi cet alphabet.

A = Alpha
B = Bravo
C = Charlie
D = Delta
E = Echo
F = Foxtrot
G = Golf
H = Hotel
I = India
J = Juliett
K = Kilo
L = Lima
M = Mike

N = November
O = Oscar
P = Papa
Q = Quebec
R = Romeo
S = Sierra
T = Tango
U = Uniform
V = Victor
W = Whiskey
X = X-Ray
Y = Yankee
Z = Zulu

Crédits photos

Panthère couverture du dossier © Michel & Christine Denis-Huot / Biosphoto
Drapeau du Népal @Shutterstock
Lophophore resplendissant © Hira Punjabi / Photoshot / Biosphoto
Panthère : © Christian Biemans / Nature in stock / Biosphoto
Empreintes : © Sylvain Cordier / Biosphoto
Panda roux © Gerry Ellis / Minden Pictures / Biosphoto
Porte-musc alpin © Mandal Ranjit / Photoshot / Biosphoto
Bharal © Bastien Chaix / Biosphoto
Tahr de l'Himalaya © Gordon Roberts / Hedgehog House / Minden Pictures / Biosphoto
Aigle impérial © Markus Varesvuo / Biosphoto
Ours noir d'Asie © Mark Newman / FLPA - Frank Lane Picture Agency / Biosphoto
Yack © Antoine Lorgnier / Biosphoto

Réponses aux jeux :

Page 17

Page 27

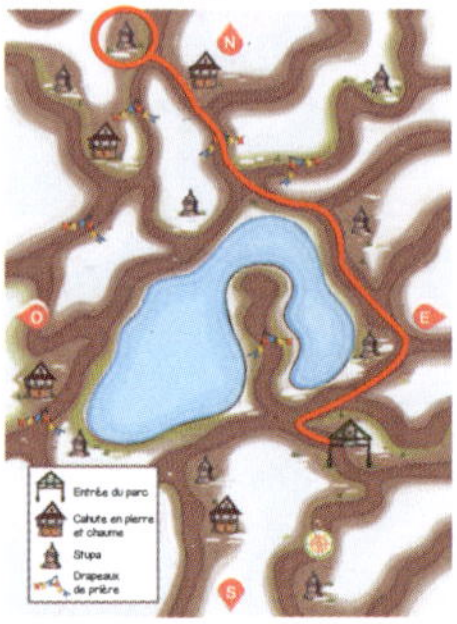

Page 39

Page 51

Page 63

N° d'édition : 23L0194
Dépôt légal : septembre 2023
Achevé d'imprimer par Edelvives
en Espagne en juillet 2023.